一座星系的幾何

印卡

目次

已見

如果一秒不夠，那一小時好了
如果一小時不夠，那
在顫慄的薄霧中等著
像根湯匙，日光
擾動著，將怯弱的部分
留在更古老的音樂
在一天移向另一天

一年穿越另一年
遺忘水流滾動真珠色的水車
遺忘名字永遠的背叛
溶解的雲
所有記憶碎成沙漠的瞬間
還是容易切割出一部分
適於想念的所有時刻

沒有即將要作的事

沒人在乎的下午裡
讀著《遇熊逃難指南》
公園灰色的小馬在水泥般的睡眠搖晃
沒有樹也沒有森林的搖晃裡
殘存的公寓，窗戶緊閉
坍在陽臺陽光呈現的史前
的確有什麼值得令人歡迎的事

被偷走足夠安靜適合欺騙的小徑
懸空的盆栽
一對麻雀眼睛
轉動——情緒般的星——遠方的人造衛星變換著頻率
一面塗鴉填滿的牆旁邊有散落的撲克牌

海報一角呈現海岸岬角的姿態
風就要將它從牆上撕下來了
棕色的鏡子照出
水皮黃顏色的植物園

聽不見繞著地球的次聲波

有如刷著鋼鍋的鋼絲絨
量子解密的命運
像鳥籤一般
沒有客人來的算命攤上
翅膀想起了青春時的飛行
被人類稱呼為理想的事物

印卡

我聽見

我聽見手機再一次將我定位
低矮屋簷與地球磁場
不分前後，不分高低
一座星系的幾何
霧霾抵達之前
我在這裡

在這裡，遠方海水默默地滲進

線上地圖的顏色
什麼即將穿過黑夜新制的法條
什麼就變成了手遊

我不知道。我知道也許
出於生活，臉部辨識
已經早於自己被認識
我們的臉這一天終於也是無意識的一部分

遙望著
永遠無法痊癒的知識
一張床上

一隻手指也奮力地學會了蛙式

再一次地，聽見世界
資訊漸次形成的深淵
從電位的奔流中
你低聲地聽見
許多不同能量的波長疊加出有年紀的自己
生命是
一場盛大的宴會
關於夢的巫術
萬人響應
無人到場的鄉民反應

印卡

翻車魚的時辰

請讓我
留戀樹林綠色的邊緣
想像巴黎的氣候會議
想像黑天鵝橫越
千萬分之一的天際
另一頭矽谷的工程師也搭車抵達開放式辦公室
翻車魚的兩面

演示了世紀初的二元論
膽小、極容易驚嚇的個性
在大海
可能，像鏡子的擴張
可能，像黃昏的顫抖
一時間立場又變了

看著從來不存在真理
七星潭擾動的潮流下
善變的民間輿論還在發展
還在從縱谷間向太平洋前進
圓滿、慷慨

跟著月亮一同形成
日漸滿盈的小惡
然後消逝

然後再一次穿越過遺忘
讓一對分屬兩個象限的眼睛
翻身換邊
像手機的兩個鏡頭
成為民主制度的某種隱喻
抬起頭看

抬起頭

獨裁的意象都落在
高低參差的牆外嗎？
對比起野外指南某一頁
一行又一行的抱怨累積了起來
網路民主正在發生
等待扳倒野熊的機會

我還在討論世界的盡頭

時間剝奪了
棘鰭在海水的銘文
沙灘裸唱著
大海的二次衰退

不要以為
怎樣的荒謬劇
藏在語言中

未來、未來的虛詞閃耀著

剝離出那些光彩再來凝視其中的原因
傾斜著浪的聲音
這件事全世界只有三個人知道
彷彿木麻黃
生命分裂出的睡眠

前景的展望，眾人失去的信念
恐懼的弧彈性
轉著風向雞
我想十月、四月有我知道會發生的事

有關季節的歡愉
怎樣的版本令人滿意？

很抱歉。我不能說
向踏在黃昏的黃衫軍告別吧
讓流言占據理智
注視八卦蔓延
沒有出處

夢中，岸邊漁船像青鳥
輕輕地晃著
我要說出這些話語

困窘的時代裡頭，替你創造謎語
在你的枕邊
今夜我是你的名嘴

我們的詩出不了國界

我們的詩出不了國界
國界甚至不曾發明出來
就困在這裡
你從世界借來的魔鬼
從水龍頭流瀉
天使在暴雨的時候捶打門窗
你寫布拉格
但從來不曾夢見

文學的世界一顆耳石晃動
卻不在耳朵中
現在取得危險的平衡毫無意義
海水還沒聽見就把你包圍
邊界隨時都在更動
急難泳姿曾經越過幽暗的海峽
那些掙扎
讓橡皮艇成為故事的容器
求救的呼喊
在翻譯器中排列，但無人聽見
飄盪著，所有人的故事
碰撞著才能脹大著

發生什麼千萬不要忘記
我們存在於虛無
但具備著體積，感受得到重量、
溫度，甚至痛過
會哭

現實之戰

一件事情壓著另一件事情
溢出的小數點
形同沿著海岸的汙水管線
黃體素、雌激素混合著
頭孢菌素跟青黴素
生命與死亡一同抑制
夢想勾破了海的絲襪

枯燥的浪
你並不意外
文明帶來的損害

單調的生活
低音搔過的濱海公路
石油未完全燃燒帶來的黑霾
只是地球除不盡的一位數

少一點再少一點
安眠藥完全壓制黑夜
極簡的感官

破碎的夢境裡頭
搖擺著一道塑化物的長島
在激浪的源頭
直向永恆的放縱
因貪婪在海上亮出曖昧的灰燼

印

卡

一夜過後

他們已經做了一回
無關耶穌

可能的聚會，發生在
一道洋流翻湧到另一道
大批的鯨魚使海洋昏睡沉沉
滑行於寂靜時刻
如溫和的修士柔軟的唇

互相追逐、吸引
聖經紙上那些遲鈍與愚蠢的字眼
還在描述早先
起伏的山野
讓一陣聲音驅使光澤出現在奔跑的馬匹背上

在聲音的旋風中
與動物交好
繞過雪貂般的頸子
野議著所有羽毛匯聚前方的鳥鳴
所羅門王就是他們

他們說著有鷹在頭上盤旋
有豹在附近
一隻腳越過另一隻腳
共同承擔著冬日的貧瘠

所有的教條還在被閱讀
分裂的水流泛著青綠和銀光
回想的事沒有人收走
靜靜棲息在樹上的夢像男人的背
眼睛如花朵摘下的沉默
冷漠再次占據了他們

印卡

誰在地獄仍舊羞愧地呼吸

人不在阿爾及利亞
人也不在笛卡兒街上吶喊
巷戰尚未發生
街壘卻已經出現在內心
彷彿真有遶場
真的是黑衣人伐步而來
彷彿真有憑空取物
真的是一張臉上

沒有顏色、幾乎沒有特徵
那滴水就是淚

為了每一個獨裁者，去
找到新的廣場
面對充斥的謊言，去
反飢餓鬥爭
一段倒錯的歷史在演講臺上滴了下來

風撥弄著樹間幽靈的煩怨聲
侵向帝大的番亭
橄仁氣變，微毫之間

小門外遼遠的話夾雜著
失去名字的低語

徬徨的時代
消隱在語言的瑠公圳
白晝像是打散夜晚織好的東西
超向自然
清除了實際的事物
走回了信義路
繞進了紹興南街
一個劇場，卻無人是演員
浮雲之下

離校不遠的社區

我們總是餓得相當暗

我醉酒時的哀傷與你的快樂一般
我傷感的時候
就抵達你肉體一樣的飽足
我倒在貧窮的陰影
就是你的身體一樣的浮島
所有的故事隨萬年曆沖向下流
在餐桌周圍持續出現
快轉著

別人命運的俄羅斯輪盤

我的命運與你的發音相仿
語音不斷切蝕肉體的巨石
我們是宇宙的塵矽病
我們是世界的厭食症
我們望著湯盤中的銀河
事物皆在表象中發散
如海風打在黑繩拉起的帆上
咿咿啊啊，一場做愛
背上不可見的渺子
將宇宙誕生的祕密往地心帶去

毛皮從腥臭的內臟獲得滋養
鏈條試圖在肌膚獲得溫度
我們的血性正在高漲
像對尖牙感受同樣的力道
桌上擺著節慶的豐饒之角
我們在那裡
一字不差地背下來
那些名字
他們在我們身體裡面溺水
他們消逝在動眼運動裡面
果實不再對樹枝忠誠

旱芹在鍋上乾煎
乳鴿裡頭冒出了花梨木
我們遵照著烹調書
像剖一條魚迎接夜晚
我撬開蟹膏般的黃昏
你泡好幾次的茶跟早晨一樣淡
麥片泡著牛奶
我們的臉埋在滿月裡面

印卡

也還是有我想守護的世界

閃光，發動強襲
手中的機動戰士
迅速換了一姿勢
瞄準狙擊！

魔幻時刻——
不同色溫的酪梨與
蛋彩

或是火節的空戰
在那些窗邊的巨農砲允諾了
晴夜的節慶

在我們的營地潛伏、反攻
幫宇宙畫上了邊界
彼此在電波中交換能量
所有戰略的巨集
嗶——啵——喀嚓

有什麼東西露了出來
還有時間成就最後壯烈犧牲

五月木的時節此刻
全宇宙的最強，這種信念
也因月亮接近突然有了獸性

傷痕並不輕易團結

跟你長得一樣的傷口
最後都有各自的命運

像漂泊於大西洋
太平洋，乃在颶風
正在醞釀的船期中
你想像圖博不同的白色建築

你所想念的
落葉，另一處
成為他臉上
菩提的落蔭
一半是在背上彈跳的翅膀
一半零落於更慘白的房間裡
重新成為歷史
哲學的白紙
重新你聽到一場雨
可比擬哭聲

你想起一場失戀
搖動曾經溫暖的肩膀
此時卻猛然地轉起了方向盤
用一個詞繞過了多雲的山路
再次繞過了

釘痕所焊起，昨日一般的今日

我又嘗試了一次

不曾替你點菸，時間也來不及
世俗悲劇的音調
在窄巷中悶燒
一個人哼首歌
人生就過去

來到這裡最好的時機是傍晚
窗戶還關得緊緊

沒有節目的螢幕那般
很好
誰都不在
偷偷地像你一樣
默默存下個一兩天的空白

從路的另一端望著
如何清空這個世界
整理、分類
標上字母或者徒勞地
把不能對人說寫下來
丟掉或者保留

猝不及防，被另一條路接上
正在往東走，也許不是
但總是有人標上地址
人總有個位置
但你沒有

一座城市
兩百七十多餘平方公里
一小塊藍
反光著明天
想像跟你一起注視重生的寧靜

不按理智行事
直到有人靠了過來
一秒又多一些
那是一場夢的
中場休息

空照

戰爭已經過去
高樓像是植物
腐敗的舊根裁切過後
新的又長了出來

大地上黑色的膽囊
灰藍的肝臟
組成了這個城市的機能

一排排的消防栓
代謝著

接龍一般的車輛
城市被迫去選擇的意志
生活的面目
不是一張投進票匭的意見

所有都在平面之上
容積率
成為了籌碼
出現在建築的鋼架裡頭

陽光在窗的兩面拉票
只剩骨架的床
在房間被一面鏡子變成了天象儀
暗夜中找尋著
最安穩的未來祈禱著
刀片與針頂在更遠處
是這裡的細節
房舍與大廈正在
又翻新了
像一具過度生長的肉軀
比起了居住人口

彷佛貧血
倒躺在那裡

黑暗的莊嚴之前

品嘗夜的巴黎
在其頂端
看望你我之間的平衡
在一片雲中
找到它的眼神
在壓低的氣壓中
索求多一點愛欲的統治

電影變動著
留在鏡面的殘影
透露了它的內部
某種意義上
這是我感受到的撞擊

天空的顏色有如刀緣
告訴你我所愛的
聽聞你所不愛的
給予著白日的倦怠界限
給予著邏輯
簡潔的吶喊

感到孤單與無助

有必要的燃燒
有必要把所有藝術品重影
一種念頭
沾觸到了語言
此刻沒有
也許下一刻也沒有
沾滿糖粉的手指
替代星辰接近嘴邊

印卡

孤獨的至福

或是讓自己往空氣稀薄的高峰極域裡
狂魔成「一個人的小世界」——駱以軍

自由正在緊縮，我卻無法哀傷
嚴霜倒飛
飛經心口永遠隱藏的國度
有人問著凍結的是什麼？也許在你們眼中
但，我不能説

淚水是透明的盾牌
沉默是一把劃開酪梨的鐮刀
月亮是在天邊今天與明天的間隙

那裡沒有樸素、善良和真理
那裡人們在夢中尋找著共通點
鏡子在打轉
似乎使現存事物顯得光彩……
深埋哲學的荒野
語言在地底發出了聲

這國度又貧窮又富饒

流動的謊言在搖晃
空氣在風中打著死結
正捏造著陰謀集團
熱月中，有些人被控訴著
公共危險罪
在悶熱的午後就像在催淚瓦斯的搖籃曲
他們在真空中呼喊世界的空虛
也叫喊著我們
一再使我們從床上爬起來
登頂上了失眠
但我不能說

無法吻向同情
自由正在緊縮，我卻無法哀傷
我們累了太陽
累了咆嘯的嘶吼
累了想像像一道拉長的影
永恆群體中
誕生又死去的人們
我不能說
最後的自由就是給自我的安魂曲

時間回到稻穗的號角

輕易地變成石虎的影子
隻身闖進——我對真正的眼睛沒有期待，稻海
有無數時間的珊瑚蟲
搖擺於金黃色絮亂的浪下
搭建無數不服從的骨架

民主是否意味著比較少祕密？
或是更多陌生感藏在一個小鎮裡

每一條向右拐彎的街道高明的巫術中
每一種哭泣，都是等天晴的雨

一徑炸龍引導
一陣暴風，晃動著
遙遠的過去擱淺的消失房舍
晃動著飛塵
有限與局部的未來仍然頑強

很長的時間裡
凡是手無寸鐵的先知都遭到毀滅
他們拋棄的箭，因

季節沉重，在去穀機中
不能言語
卻成為我們身體的部分

隨破鞋高飛而起
竄進物體的重力，一直往下
是怎樣的信念？我對真正的眼睛沒有期待，火焰有
一千多個日子
許多人吹滅
空氣謊言僅剩的尾音
消失前的口吃

事實面前你沒有選擇

當我洗碗的時候
想著這些鍋碗盤碟必須有隱喻
但當它們出現在一首詩裡
完全與事實相反
處在乾淨的一方是我
但是我洗啊洗啊
洗了整整兩個半小時

想著每個碟子都有它們的難處
肉渣與油垢
留下的都不是沉默的知識
當然他們有的形狀是基督
有的是惡魔
但平靜總是會到臨，所以
我洗，不斷洗

整整可以分割不同的形狀
或是不同比例的兩個半小時
幾乎碰觸到哲學
但人的一生往往無涉

我只是洗只是洗

我可以說它們白得像月亮
但事實上，白色不需要加入譬喻的戰場
好好洗，乾乾淨淨
推著它們到高溫消菌的箱底
聽他們的聲音
不存在什麼苦難

委屈有時，但它們終究不會欺騙人
仔細看起來
裡頭有許多比較淡的人影

但我一向洗得非常乾淨
洗啊洗啊就等同報酬

洗，不斷洗
洗啊洗啊就結束了
這不是偉大的信仰
但我知道我信

旅夜點書

你又在期盼誰
史冊獨行的君子之德
或是僅僅是你
夢中的空室篷戶
在剛下載的APP裡頭
學覽者啊，潭奧的倒影
又更新了一次
不再識見鳥獸草木

草卉中的英雄
而那人？
恍惚出現於交友軟體
你深夜點書
疏有心中鵜鶘鳥
青身白頭的冬景
溫度漸降
衛風壟罩的一天中
點一個人如脂玉
點一枕
小兔頭有角毛
而那樹影的蔽徑

再一次留下食指的印記
愛與智的痕跡

臉書生活

臉友幫我寫了首詩
但很遺憾，我正失去
我的讚
他們的手很勤，按啊按
像是希尼的〈挖掘〉
在他們的食指與
另一隻手掌間
時而緊張，時而鬆懈

不為了控制什麼
但你媽知道你在這裡發廢文嗎？
靈魂違停在此
如亞述人畫著石板
透過涼涼的感覺
滑過泥板及碎片構成的圖書館
分享每個文字像
圍一座城，大我與私我
又一次融和
臉友幫我寫下吱吱的電網
感情的漲價
姦情的消隱，沒有意象

我可以忍受
對天地的大讚
也沒什麼好傷心
如一面小窗
有著塑膠的殼
帶著數十克的感情
讓人生的徒然更像
賒欠的稿債

雲的熱線對話

今晚有些航線被開啟了
非法，有挑釁意義
就像十七世紀的荷蘭畫家
將未來最好的版本畫在了他們的地圖

橄欖油滲進了潔白的纖維
夏天的高點
像一把古典畫

創造一種跡象，人們有如
雲的熱線對話
占據了背景

人們談論著煩悶的天氣
漏水的機場用另一種方法
提醒著國家的前途
談論著海峽中線
一條海纜拉起的世界
在多雨的颱風天

給純真的頌歌

例如一種緘默
它的消逝顯現於迷茫瞬間
由綠到黃
軟弱的時刻，味覺的顫抖
一個人在夏天的盡頭
我已經不能單純地忽視謊言
加蓋的頂樓，違停的街巷
漂浮於樹影虛構的大海

抿著嘴，看似種沉思
我青春上泛起了波濤的槳葉
表面上這個城市的倒影
壓縮著重覆的苦痛，檸檬葉的淡澀味
微暗中泉湧著童年的夢
吹著葉笛
在不屬於全音的音階上
用力再次濛起現實的灰塵
裡頭發現漸老的我、年輕的你
個人的斷代史中，那帶著香氣的果肉
回復成最原初的面貌

幾個夜晚留下的證據
望遠鏡中退遠像星雲以此方式
表達著時間，弦膜上的宇宙被留下了
很快地，再也記不得
幾許個季節中一個手勢所握住
最後的青芒果

印

卡

偏安

今天的街燈有些不同
時而想像岩石有老鷹的孤獨
有著重量落下
無序不可見的脈衝一陣陣洗過了街道

末班的捷運
它可能是一整個夏季
最後被剪下的

日光的波長

像那樣安靜的東西
不知道為什麼
永無止境的日常
也出現在剛裝好的太陽能板
近似承諾而又不是
憂鬱的眼睛
滾落個光點，難道不夠嗎？
也許不夠

夜晚屬於共享主義

它暗淡了貧窮，也忽略了權貴
燈光沒有拳擊到的地方
它始終安然無恙

像過時的終端機
而沒有人聽到聲響
腦波斷斷續續越過了身體的界線
在一處不會乾涸的地方

愛上另一道靈魂
十年的尺度與一秒並存
柔軟地摺疊
待它如水中的另一層水紋
無盡地包含起源與滅絕
宇宙所有的細節之中
你可以想念一個人
或者遺忘，託付在一陣風之後
月光更細微的撫摩
樟樹、地磚、矮欄

純粹地討論全黑乃至虛無的語言
將愛投進了
世界的隙縫
你只是如此望著他的沉睡
又如此輕易地遺失
還徙了過去
在出神的時候想到了他
共享的時機

步上樓梯以後

串連寧靜的時刻是我們的雙眼
一首爵士，一起聽著
一道影子
有著鼓聲
下雨的湖慢慢地磨過彼此的臉
碰觸什麼也就像一滴水
滑進了石縫

再懂一些我們
語言可以發展的絕望

不讓它閃躲
不再輕易睡著

用一顆火龍果描述一顆火龍果
兩種星空
共存火色的宇宙

彼此恍惚但不要失去時才想認識
枝枒蔓長，一點一點分著

濔濔地一道霧流經
一點一點，像是葉子占滿黑夜
等到早晨

野生的夜晚

夜晚已經擊昏我
以另外一種方式，在嶺上看望遠方
在那一棵樹的交談裡
輕微地擺動
不用影像表達世界
如猶疑的指南針
空茫之中尋找著確定之物

每一秒都被傳遞著
如海浪晃動的能量
也在心中交替
不同的溫度
在樹葉間分配
是我、是你的距離
徒然地索求一座透明的戰場
薄霧間穿梭著散彈
幽靈快速繁殖
尋找著記憶所不屬於的語言

以分離迎接未來
蒼白而擴散的領土
靈感持續支配著

擺盪著，任由各種氣息交織
無論是夢
或者就是晶瑩的一瞬間
剝一顆葡萄給你

鬱律

只因青春已越過
一山高過一山
在那高處
分占星群所有的身世

睏著，夢著了
真空與火之間的愛
我也許在那裡過吧

這大海拍打的世界
也在恍惚未見的天窗外頭
有踏碎水佩
雨花紛紛而來的憂愁

我是什麼時候
在眼前躲藏這分徒然
又是什麼時候我也被謎挑中

有時被遺下，有時被拾起
有時語言如豆莢般開裂

時間讓眾多句子
纏著故事，枝葉滑過雨季
就輕易地，輕易地
漩渦把我們換走

綑綁之物

往事像條蛇咬住我的心
那條鎖鍊穿過樹枝搖晃起路旁的樹冠
還是藏身在烈陽收聚
一片冰冷的陰蔭？
我正在被一首歌取代聽覺
還是那是身體走遠的腳步聲
踏著？無話可說的沉默
冰片構成的鱗

滑過那些日子，我曾經疑惑
還回了一切
倒敘所有的愛
逆轉季節
讓名字從信上丟失，落葉
從纖維倒回甜味的成分
讓創造回到虛無
變得麻木
直到往事冷冷穿過我的靈魂
彷彿非常地靜
變得緩慢
寂靜幾乎要崩解

我早已放棄等待，雖然……
隨後心卻又跳動起來
我仍感到被你的繩索所控

地圖的空白

地圖空白的地方沒有鐵軌
沒有讓太陽輕易投幣的入口
沒有哀傷的出口
沒有瓶口
有艘船張著帆，像只有一面翅膀的鳥
受困在低頻聲音的日常
沒有海浪禮讚著陸地
總是比夢還堅守著平等主義

什麼也沒有

沒有名字
讓你向前親吻
沒有星辰
讓暈眩降臨

地圖空白的地方沒有露臺
沒有餐桌展示飢餓的盡頭
沒有容納陰影的臥房
沒有浴室
有幾瓶用完的沐浴乳，像無聲的樂器

幽閉在陰鬱歌詞的旋律
沒有人在哼著他自己感情
總是比冷漠還關心著倫理道德
什麼也沒有

沒有茉莉
讓夏天的雨打落
沒有信仰
讓光亮撫慰
地圖空白的地方更沒有基地臺
沒有封包展示島嶼另一種氣候

沒有像潮汐的廣播
沒有簡訊
有一封突然分手的訊息，跟字典詞表一樣
每每想來，這是什麼
沒有索緒爾的組合或聚合
總是比邏輯更能表達著冷
什麼也沒有

沒有藥丸
讓夜的祕密消逝
沒有翻譯
讓心跳有所意義

持靜有著種種可能或是種種不可能
無從得知的交通
人們出現在蒼白的版圖前
眼神露出氣根般的陰影

何去何從
未來——
移居的行道樹依舊用著落葉攔阻時間
幻滅的家依舊掛著日曆
在那遙遠的地方太陽像打破的鏡子

露水練習著跳高——靈魂
是否如不知組成的氣體
彼此疏遠

在那遙遠的地方
番薯像小行星帶潛藏著
有人又偷偷翻進
另一個人的牆
一段旅程接著另一段旅程
像張臉又多睡了一點
從最迷幻到最清醒
窗臺的盆栽

不在地圖空白的地方

在一切觀察中

因為已經發生了
實情的部分
從每個音符中裂開
這裡只有著沒有信仰的生活
藏在車流，交錯的喇叭聲裡

有時又有些時刻
如雪崩發生時悄無聲息

一雙眼就這樣包納
它的部分
關於眼前的一切
也許這麼道別也好

不去懷抱著希望眺望
即便沿著排水管
有著優柔寡斷的革命發生過

對窗的城影
正重整著損壞的磁區
紛紛於落葉的錯影

一點關於午睡的記憶
如果可以，你多麼想要
將之歸於
夢中的例外

好去填補世界，拿著
一點點著智慧
試著區分眾意與公意
一群房子或是一條街
在閃爍的紅綠燈下
卻好像絕望了

菸草

它從老遠的地方前來只是為了使你清醒
用一張紙捲起來，但沒有寫著收件人

為什麼默默地像個長條的睡袋
彷彿睡眠被綁架，嘴巴貼了膠帶，毫無聲響？

用一個朝代去相除，讓它回到原貌
用幾次咀嚼，回到在樹叢中不是用火點燃的日子

但也許它在菸斗中
而另一個名字在鼻菸壺中封住了它？

在原野中看望，葉序讓陽光持續滑下，但不知道
人們如何改變植物的面貌
你會點燃一支菸，但不說出來

世界的楓紅色

早晨的視線
沿著窗緣
陽光透進來一字排開
命運依舊像是玻璃彈珠彼此碰撞
浮塵不斷重組，有它們自己的手語
試著將注意力分配
一層一層退去

黑夜從一座又一座山丘離開

潔淨的時刻
與戀人交換，為何
一個瞬間又想起曾經
有人套上紅色小圓球的內褲奔跑著
這金魚三秒的記憶
構成的宇宙

在晃動著
我所有的迷途
忘了上一次是怎麼搞丟自己

在這時間所築就多重的寓所

愛情公寓

一點進公寓
就是一本愛經的詩
就是音尺與音尺
在水母的神經上彈跳

酒般的透明
妳一句
街道相疊的夢

蒙上沙塵般的壁畫
遠遠地
讓人想起城市的陌生
讓人想起現代主義的起源

日子
以極其相似的面容互視
城市與城市連線
列車軌道上有著若有所失的重量
奔向未來

這樣地填滿在這種不同的話題裡頭

不能是陰影，但它壓著
沒有準確的說法，但答案已經等著
那個清楚就在眼前的縫隙
讓孤獨產生不同的特性

包圍在夜色裡頭的集體住宅
高氣壓產生了這裡的寒冷
如今又完全地放鬆
像水流，不存在睡眠的睡眠
熬夜的螢幕
從水龍頭流出，這是我們新的海景

不要太早召喚我的盛衰

心門之日
我的靈魂又產生了位移
紛亂於白鴿與黑鷹交替的時序

我再三告誡著自己
努力不要忘掉啊
昨夜毗鄰的夢中
有著鼓手小心敲著節奏

空空的軀體充滿著
號手的愛與死
那，可是我的心

我好想傳訊息給你
即使你不在這裡
幽暗中我仍緊緊握著你
一如我所熟悉的長輩圖
可以切蝕
更死寂的事物

一點一滴

幻想著，直至精疲力盡
終於垂下不占空間不具質量
卻沉甸甸的鐘乳石
往下逼著
在第一千零一次落下
擊中有你的世界

印

卡

對的感覺

並不是往哪裡去
愛的面前，有何勝利可言
關於街道紅綠燈控制的交通
無人車的演算法
可比一瞬間

急駛列車中兩個人對視尷尬的眼神
被點開的信件
一點點耗去了電
搖晃的把手
換取風格的力量
空無一人的博愛座
沒有體驗太多痛苦
看，有人坐錯方向

自動門才真正為他開啟

可比一瞬間
交換的遺傳子你無法想像的顏色
五重瓣的對稱性突然對季節產生反應
聽著耳機中的歌
這是
對的感覺

印

卡

時間的醉語

傾訴著我所有的沉醉
靠過去讓我擁抱，在一首消失的歌
抓住它給風的祕密
疲憊地漫步，左右搖擺朝向時間的頻率
一首爵士裡半音中彷彿看見你
與你陪伴
不要說太多，擺盪的音程中有時哭了
是有時太溫柔給你西風帶的氣味

彼此碰著臉龐
聽著遙遠的演奏微笑或不
我無法把自己在夢裡頭藏起來
像蜜蜂構成它自己黃金色的軌跡
指揮著描述著，請你解謎——
如此保存我詞語的碎片
往天空望去，伏特加再一點鹽
冰塊與候鳥同樣脆弱的天氣裡記得這一晚

長句

我的長句悠忽地轉著，正吻合你的夢
也許你正闔上音樂盒
也許隨幽微星光正滑過了你的背
無意識的話語
逃逸重力正走進了天文望遠鏡底
我不斷重組的的語言正在尋求謎的邊界
春蟄驚現的閃電讓整個世界像顆暗色的水果

我在雨季的氣味之中看見了它的剖面

我看到的反射和曲線
那些不斷騷動的謎底，漫飛的符文
在一條驟失的短句
突然被改寫成雨蛙幻泡的語言

也可能是我最喜歡的一首歌
音符在鏡子中的划動，流過弦上的宇宙

也可能是記憶，從我的學習冊抽出陰影彷彿是你
排列著你的細節，流沙般的數字鎖

慢慢地貼近一句長句
若有所失，若有所得
成為唇間的美德

印卡

給遠方的戀人

適合愛人的夜晚
脫下襪子
一個人像是三稜鏡分色出裸體
與其他顏色
有人找著手套
卻擁抱著

有鵝黃色街燈，吐氣的人們
將手心伸進了
另外一件外套的口袋
像是溫度的扒手

像是隨風練習小舌音的草地
感覺到索求的聲響
滑著每一扇窗
送著一個又一個
表情符號

各種解析度的情緒

爬上了
解開的領帶
與皮帶的謎因
哪個是真的？
全部都是真的

等待著幸福的一擊
任一隻手自由地轉動
讓靈魂跳出稜鏡計畫

印卡

那貓

沒有第一夫人，但我們有貓喵
喵喵或者喵喵
沒有外交
深刻或者低沉的雨滴
吉尼係數上
家貓與野貓
自由貿易與貓草
一隻喜歡被看見的貓

怎麼理毛
貓吐的天氣多雲
累累地躺在牆角
露出肚皮如三分之二的島
而誰還躲在樹上
遠遠的和平村
而誰遠遠的草皮冬季換上新的毛
翻
或躺，世界的重量
防心絲蟲固定吃藥
喵，喵喵喵
精神百倍的零食抓著

給你，接下來的許多日子
給貓民結合與團結的時間
被分心了
逗貓棒前有無語的信仰

有喵睡著，有貓
眼半開著
鬍子在因式分解
一扇窗外盡是房子的老齡化

只是要她看看我眼中的銅戒

壺與杯具之間，虛影搖晃成像
七個早晨洗成了一張銀板照片
一百六十八道時針排成了一線
一道一道消退的黑暗像是岸邊的浪
撫摸佛顏，卻想昨日的煙花
最後的頸邊的鳶尾草
遮不掉所有光線的窗廉
湧著、湧著
細微脈動，偏折著

虛設的軸線、零碎的身影
再次組成
私有地想著可以曝曬的友善
可能都終結了吧
感覺樹沉進窗中的船桅
風給了什麼，我已經不能給
在透視的景框中持續褪色的遠方
對全新的地球
她不及回應的夢裡有限地速寫

有人會明白，有人會知道

不用酵母，初夏的漿果在夜的邊上產生了空缺
每一道風更大的周圈
試著尋找你眼中的過去
震盪、低垂、啞聲，露水中人的腳步
行過一座丘陵
迢迢溪河流注塘池
但那裡沒有垂榕
這個世界產生糖的末端，露出縫隙中的星星
因有人呼喚產生了迷失

兩人的倦怠中，存在了一種閃動
無關宇宙
只削尖時間
希望它落對了窗
破曉時刻，什麼是輕易？
想起昨日，我該拿另一個我奈何

在一起

雨終究是停了
留下可數的算數
在不合宜的晴天裡的自由
發呆，或者移動眼珠
那樣理毛，作為一隻水豚

翻滾。像是
一顆恆星的球道上
即使穿錯了襪子

也不管太陽遠了

也不知道該做什麼
做了一個有袋類的白日夢
會像是怎樣的鈴
想像聲音的樹叢

粉紅色的血管
與心臟形狀的星雲混在一起
覺得癢
抓著，一個下午
與另外一個碰

直到亮著肚子醒來

望著水塘走走，檢查著蹼走走
理毛，下午還長嗎？
保持神祕，還是跟大家混在一起好
擠在一起，再過去一點
什麼鼻子有點大
沒關係那是在一起呼吸

印卡

給你

閃爍螢光，寒冷中用眼睛奮力呼吸
使車流澄澈，使遠景有靈
夜晚給你糖絲的裝飾
情感的路徑並不清晰
但城市把離去的風
困在一扇窗中說是憂傷
隱沒的沉默輕輕地滑曳
沒留下痕跡

踏輕一點，冰冷的地板
推遠一點再推遠一點，記憶
給你一口酒與鹽中易逝的餘芬
給你星空不穩定的移盪
給你語言誕生之前的所有嘗試

情志論

欣賞圖書館中愛情的說法
求變的意志
像條透明的人龍
一步一步已經朝向了你
最極端的假設
也許開始動搖你
黑夜紛紛跳進
眼中的溫泉
白晝一一走出

那個人是誰
望見跳動的線條
變動的顏色
來，更加執著
毫無阻礙閒暇所誕生的大業
心靈不再虛弱
像烈火被煤渣吞噬
所有的傷回到刀口
靜如一排豆莢
那種先驅的感覺
過夜了

也就換取了

願給你更多

還沒將玫瑰獻上
要說的話少了一半
透明早晨折成的紙鶴
被你選上
懂得你沉默，萬物
對應的語言
你只挑選一種
心中晴朗萬里，但看起來
不是

你好嗎？

我在這裡。

寒冷天氣，窗緣每一顫動
朝向虛空，努力
跟這個宇宙對齊
誰的快樂在高喊
誰的苦痛等於
移步換景的默契
並非真的獨處，然而這個世界
絕緣，就算被理解

仍舊是巧合
沒有問與答
浮塵傳遠了、拉長了
一盞的燈曾經擁有的溫柔

克卜勒

你說你已經學會
一覺起來
還是個念舊的男孩
把最輕與最重的事物放在一起
——那是銀河
奇蹟還在誕生
在前往星空的路上
石子還在水面數數

移動的影子
低語，喜歡傾聽
從未缺席

糖轉換成澱粉的世界
脂肪消耗水的反應中
所有通電的街
都被心模仿

星球也藏著它們複雜的科學
在遙遠的距離
也許是顆巨大的鑽石等待

一句誓言

上著弦油的晴朗日子
男孩啊
你天生就會唱
太空音樂在橢圓的圈中呼遊
偶然套中了誰
一首歌像魚穿過我的耳朵游進

共同的生活

——給吾友怡臻與詩人平田俊子（Hirata Toshiko）

收銀機一響，我也是抵達了終點
你是否也是呢
最後的衝鋒線上想想我們
可能搶過同一把蔥
在都市的生活都是相似的
因為同一則假新聞憤慨

因為流感盜汗
如此相似啊
只是不肯承認小小的自我住在類似的房間
心中默默地說
我還是有個性的
我還是有個性的
有時高興有人可以談起一樣的歌曲
莫名地卡拉竟然合唱了起來
只是把理所當然當作巧合
後來就索性說是友誼了
可能也一起泡過同樣的澡堂
就像是充滿水氣的瓷磚

天曉得同樣想起
大雨中毫無止境的街巷如此這般
大家都一起看向窗外
一個人也是很多人
加法就是這樣讓孤獨可以共享的算法
像國小的水果莫名地加了起來

這就是抽象的力量
多麼相似，默默地說
真是不可思議，買了鳳凰與香蕉
總數七個再算上一顆白菜
幾乎又勝利了

今天又順利搶到免費贈送的蒜頭
即使有點不同
你這次可惜沒有趕上，但送你一半
也算相同的巧遇

看海的日子

十八王公廟外的大海
像狗在追逐獵物
像火繞著王船的帆燃燒留下空無的晴天
望著軍港一頁一頁翻著史詩
樹影像是繪葉書中的六燃淬煉苦痛的酒精
蒸發著，帶著醉意
這大海擺盪著它的回答

想著藤田嗣治眼中的臺灣如何也在松香油中成為帝國
在一具又一具馬達催動的船隻與飛機消失在過去
嗡嗡作響的夏季
〈スタンレー山脈の高砂族輸送隊〉
畫師畫
〈志願兵に別れ告げる臺灣人〉，不該上戰場的人即將受傷
鉛筆部隊集合
立正，聽著歷史的口令
來不及哭就成為早上的露水
傷口被肉體服務
〈孤獨の崩壊〉蔓延的餐桌與洞開的天花板

山下武夫畫
灑著的陽光與今天的夢是一樣的模樣嗎？
密布雜草的廢墟
那是誰的戰爭、誰的幽靈在發光
在生鏽的鋼筋裡頭
說著傷心的故事
如果你們生來是為了聽海浪千萬的囈語
讓風撫摸頸後
感受世界的美好，如何愛上那個時代
如何不愛
如果我們在那虛空中

無法思考
只是將字與字排列，讓音樂跟音樂相愛
像個詩人說一聲真正的告別

想像十八王公廟外的大海哭了起來
是的，很遺憾
那個無法挽回的過去，與沒有外交官駐守的英國領事館一樣
迷失在巴布亞紐幾內亞的維多利亞山
只剩微弱的回聲
只剩遙不可及南方島嶼自己的歌聲在唱
望著商港旁漂浮的油輪
所有燃燒微粒的布朗運動在海旁的工業區等待著

為了另一場臺灣人自己的聖戰
為了幸福的日子而哭了起來

註：〈スタンレー山脈の高砂族輸送隊〉、〈志願兵に別れ告げる臺灣人〉為鶴田吾郎四零年代畫作，描述二戰時期臺灣動員的戰爭畫。

簡史

你必須置身其中。
但是為何
習慣於早晨，看著茉莉花開
語言的絲綢，從淺淡的光線中，
勾就早晨的蕾絲
在露水消逝間感覺綠葉裸露的感覺
何為寫？

像油在沸騰
大把的茉莉花，它們的靈魂
在玻璃的蒸餾管中上升
一面逃離自我，一面形成痛苦
純粹、純粹
一如馬拉美之堅持。

為何要寫？

在氣息的歷史中
寫下喜劇；氣味在雙手中滿溢
純粹的香精將通過努力

冷凝後，又瞬間擴散於知覺的房間
無力反抗、也許又感到安慰、被治療
氣味之於嗅球，愛之於身體
像一座海洋上的島

後記

一九七七年八月二十日美國發射無人太空飛行器航海家二號。近四十年後，航海家二號前些日子已確定脫離太陽系進入了星際空間，從此邁向了未知的他域。宇宙史外的島嶼，一九七七年的臺灣仍有著中國反共義士從中國脫逃來台的新聞，只不過後冷戰時代的我們如今全然感受不到那一套意識形態的運作，已人事全非。如此的時空變動不禁讓人想起了，詩人佩索亞曾在他青春時光寫過這一句——一座偌大的宇宙不過一顆心。在唯物與唯心的邊界上，詩歌在歷史中的虛實，有時還真的不過是一念之間。有時詩是知識的集合，有時詩是狂想的最佳代言人，當然更多時候是一種感嘆。舉例來說，聽不見的次聲波頻率是小於二十赫茲的聲音，但這耳膜不能感應到的聲響，對於其他生靈來說，像是鯨魚或是大象，卻是他們溝通的頻道，平常若是說到動物比起人類敏感其實並不具太多的詩意；但這個波段也常是地震、火山爆發或是焚風的訊息雖然人類的身體感官在波段上無法感知，只不過一旦我們能夠將之轉譯成為可知的事物，例如次聲波可以長距離地傳遞，甚至可以繞整個地球兩三次一種數大的詩性便會產生，這是通感、聯覺當代的形式，某種程度上也是詩在已知與未知間的橋樑吧，以及在偌大時空變動給人的安心感。

說起來《一座星系的幾何》距離我上一本詩集《望遠之鏡》時間並不到兩年，只不過對於大多數的讀者來說，我上一本在商業體系流通的詩集《Rorschach Inkblot》距離這本要在逗點出版的《一座星系的幾何》時隔快十年了。雖然說十年對於臺灣的詩壇來說，是一個世代隊伍的長度，而對於大多數的讀者來說，十年更是一次政黨輪替後對文學風景的影響。對七年級詩人來說，我們這十年間經歷了雷曼兄弟的經濟危機、中國資本的磁吸、大量臺商海外游牧、同時我們看到更多同儕步上了海外打工的道路，臺灣身處在美國與中國的夾縫中，發生了許多運動浪潮，時有凱歌但大多時候是不如意的。在這一段期間對我個人來說，也呈現了許許多多的停滯，關於中輟的學業，意外而來的藝文評論生活，被社會漩渦呼喚的運動或是偶而零零星星在海外受到了獎勵鼓舞，但說實在的可以特別分享的事蹟並不多。不過《一座星系的幾何》的詩，大多來於日常，無涉太多社會運動或是實驗性的書寫。這本詩集抽掉了我這十年間社會詩歌與抒情詩歌的書寫，留下的是關於這十年間我們幾乎躲不過的新興生活型態。

《一座星系的幾何》既包括了我個人面向這個世界，詩如何重新面對物質文化的問題，也是在意象語言在今日萎縮過後的嘗試吧。想想我跟你絲毫沒有差別的日常——一種文字滑行的新興詩意，到底如何滲透進我們的生活呢？八年前，我剛從陽光普照但床虱災情頻傳的異國回來時，有了人生第一支的智慧型手機。以往我與文字的關係從桌上型電腦、筆記型電腦被縮小到了一支手機的觸控面板。這十年間有很多的時間，文字不過是在一個手掌大的螢幕上閃動著，匯入了電波中，在網路世界交換訊息。很多時候手機也取代了一本筆記本的功能，它隨時能拍照、畫下手稿、記下札聞，說不一定今天手機才是詩心本身吧。我有個朋友曾打趣地說，如今手機是人們的小它者，從不會忘記丟失的自我。

至今已經沒有人否認了一支手機對於整個世界的衝擊，無論是並陳大數據、假新聞的影響，或是不過幾年前才發生的茉莉花革命。甚至占據許多人休閒時光的《玻璃假面》主角們也拿起了手機了。前陣子剛從光州雙年展回來，展覽中有個藝術家的作品便是紛陳地重演了當時茉莉花革命在網路上使用的各種消息。人們透過手機的攝影功能、推特、線上影片的傳播打開了日常的另一道出口。我們在手機螢幕下締造了一種俯瞰的詩意，有如古典畫作中空間上的眼睛，我們在世界的上方凝視著。當然，臺灣的爆料文化不免也是在如此的風氣下，各自尋找自己的證物，以物取信。同時每個人的手機都有著自己豐富而外人不可知的奧祕。

除此之外《一座星系的幾何》對我個人來說或許

就是這十年乃至二十年，詩歌中的玉屑、灰燼重新在生活中拾起的過程。這本詩集將那些不被我重視的詩歌重新排列成為每日陰晴變動下的夜空，像是一九一九年，馬勒維奇宣言中視藝術為燒成一克灰燼的屍體放在化學家的架上。藝術的潛力將過去的保守派壓縮到最小的體積，去呼喊著其它可能性的存在。當然類似的現象也出現在宇宙意象，例如宇宙不斷地膨脹留下來的黑體輻射或是黑洞消滅後交還的宇宙資訊，那些微弱的雜訊構成了另一個系統去呼喊著另外不被看見的世界。因為各種因素被遺漏的可能性在徹底資訊化的世界底詩歌還有怎樣的意義呢？

隨著這幾年詩歌又重新回到了臺灣社會中，人們持續閱讀著詩歌轉文試圖以此代替內心的情緒，彷彿詩是擔心鯊魚逡巡的海底電纜，在資訊中交換著祕密。而這本詩集，則是名詞、動詞、助詞、形容詞和驚嘆號一起磨練的生活切片，是十年的某種總結也是二十一世紀後被社群網站、手機完全改寫的詩歌生活，一種未竟面向未來的呼喚。

言寺
61

一座星系的幾何

作者　印卡
總編輯　陳夏民
編輯　達瑞
封面設計　萬亞雰
版面設計　adj.形容詞

出版　逗點文創結社
地址｜330桃園市中央街11巷4-1號
網站｜www.commabooks.com.tw
電話｜03-335-9366
傳真｜03-335-9303

總經銷　知己圖書股份有限公司
台北公司｜台北市106大安區辛亥路一段30號9樓
電話｜02-2367-2044
傳真｜02-2363-5741
台中公司｜台中市407工業區30路1號
電話｜04-2359-5819
傳真｜04-2359-5493

印刷　通南彩色印刷有限公司
ISBN　978-986-96837-4-6
定價　350元
初版一刷 2019年3月
出版補助　國家文化藝術基金會 National Culture and Arts Foundation NCAF

國家圖書館出版品預行編目（CIP）資料｜一座星系的幾何／印卡著. ──初版.──桃園市：逗點文創結社，2019.03｜192面；12.8×19 公分. ──（言寺；61）｜ISBN 978-986-96837-4-6（平裝）｜851.486｜107023107

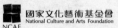

一座星系的幾何

印卡